Alice no País das Maravilhas

Lewis Carroll

adaptação de Nílson José Machado
ilustrações de Dorotéia Vale

Gerência editorial
Sâmia Rios

Edição
Sâmia Rios

Assistência editorial
José Paulo Brait e Camila Carletto

Revisão
Paula Teixeira

Coordenação de arte
Maria do Céu Pires Passuello

Programação visual de capa e miolo
Aída Cassiano

Diagramação
Marisa Iniesta Martin

Elaboração do encarte
Catarina Iavelberg

Av. Otaviano Alves de Lima, 4400
Freguesia do Ó
CEP 02909-900 – São Paulo – SP

ATENDIMENTO AO CLIENTE
Tel.: 4003-3061

www.scipione.com.br
e-mail: atendimento@scipione.com.br

2020
ISBN 978-85-262-7843-1 – AL
ISBN 978-85-262-7844-8 – PR
Cód. do livro CL: 737258
2.ª EDIÇÃO
10.ª impressão
Impressão e acabamento: A.R. Fernandez

• • •

Ao comprar um livro, você remunera e reconhece o trabalho do autor e de muitos outros profissionais envolvidos na produção e comercialização das obras: editores, revisores, diagramadores, ilustradores, gráficos, divulgadores, distribuidores, livreiros, entre outros.

Ajude-nos a combater a cópia ilegal! Ela gera desemprego, prejudica a difusão da cultura e encarece os livros que você compra.

• • •

Dados Internacionais de Catalogação na Publicação (CIP)
(Câmara Brasileira do Livro, SP, Brasil)

Machado, Nílson José, 1947–

Alice no País das Maravilhas / Lewis Carroll; adaptação de Nílson José Machado; ilustrações de Dorotéia Vale. – São Paulo: Scipione, 2002. (Série Reencontro infantil)

1. Literatura infantojuvenil I. Carroll, Lewis, 1832-1898. II. Vale, Dorotéia. III. Título. IV. Série.

02-4991   CDD-028.5

Índices para catálogo sistemático:
1. Literatura infantil   028.5
2. Literatura infantojuvenil   028.5

Sumário

A queda na toca do Coelho Branco 4

A piscina de lágrimas 7

Uma estranha corrida e uma história comprida 10

As ordens do Coelho Branco 12

O conselho de uma lagarta 16

Porco e pimenta 19

Um chá muito louco 22

O estranho jogo da rainha 27

A história da Tartaruga Encucada 30

Lagostas dançam quadrilha 34

Quem roubou as tortas? 38

O depoimento de Alice 42

Quem foi Lewis Carroll? 48

Quem é Nílson José Machado? 48

A queda na toca do Coelho Branco

Cansada de estar sentada, sem nada para fazer, Alice deu uma olhada no livro que a irmã lia. Mas não havia figuras, nem pessoas conversando, para que tal livro servia?

O dia estava bem quente, um sono leve chegava, e Alice se espreguiçava, nem colher flores queria. Foi quando um coelho branco, com os olhos bem rosados, passou por ela, correndo, dizendo:

– Meu Deus, que dia! Vou chegar bem atrasado!

Alice não estranhou muito, mas se impressionou bastante, quando o coelho, ofegante, tirou do bolso um relógio e olhou a hora, espantado.

"Que coelho mais engraçado! De relógio, é demais!", Alice pensou, e correu atrás.

O coelho entrou numa toca, o tempo todo corria, e Alice seguia o coelho. Até onde ele iria? A toca era como um túnel, porém, assim de repente, o túnel virou um poço, um poço muito profundo, talvez um poço sem fundo...

Alice caiu no poço. E ele era tão profundo que parecia que Alice pairava solta no ar, e as paredes passavam por ela bem devagar. Ela se pôs a pensar:

"É tanta, é tanta a altura, ou melhor, tanta a baixura, que minha impressão não erra: passei do centro da Terra! Se não chegar logo ao fundo, vou ao outro lado do mundo!"

Mas a queda terminou e Alice pousou suave, sem sofrer um arranhão, no fundo do buracão. Viu o coelho que passava, apressado, atrasado, mas, por mais que procurasse segui-lo, não conseguia. Logo chegou a uma sala bem ampla, iluminada, cheia de portas e vazia. Não sabia o que fazia.

Havia as portas, trancadas, e uma chave dourada, pequenina, bem em cima de uma mesa de três pés, toda feita de cristal. Certamente, a chavinha não abria as portas que via... Examinando o local, Alice encontrou, de fato, uma estranha portinha, baixinha, bem estreitinha, como uma toca de rato! Pensou em usar a chavinha, mas disse em voz alta:

– Esqueça, por ela não passaria sequer a sua cabeça!

Olhou, então, para a mesa e viu o que antes não via, pois sobre ela jazia um frasco, um vidro pequeno. Uma etiqueta dizia "Beba-me", mas, cuidadosa, Alice examinou o rótulo e a bebida:

"Não é veneno! E parece gostosa!", pensou a menina. E bebeu tudo, em seguida.

Foi aí que aconteceu uma coisa bem esquisita, pois mal Alice bebeu, foi logo se transformando. Diminuiu, encolheu, ficou com um palmo de altura! Pensou:

"Agora, posso entrar pela portinha."

Não lhe ocorreu, no entanto, que a providencial chavinha continuava na mesa, que Alice não alcançava com sua baixa estatura... Ela nem desconfiava de que apenas começava sua grande aventura.

Teve medo de sumir, pensou até em chorar, mas Alice era matreira, recuperou-se ligeira e pôs-se a se aconselhar:

"Se posso diminuir, também consigo aumentar!"

Foi quando viu uma caixa de vidro, embaixo da mesa, com uma fatia de bolo. "Coma-me", era o que se lia na caixa. Alice comeu, comeu, depois cresceu, que surpresa!

A piscina de lágrimas

Alice cresceu bastante, sentiu bem grande o pescoço.

– Pareço um telescópio! – gritou, com grande alvoroço.

Seus pés ficaram distantes, mal dava para ver direito. E Alice pensou:

"Tenho de arranjar um meio de pôr e tirar as meias; só se for pelo correio..."

Crescer tinha suas vantagens: agora Alice podia pegar a chave na mesa, a chavinha da portinha. Mas, de que adiantaria? Se mal cabia na sala, na porta não passaria! Alice estava presa, a cabeça junto ao teto, pensando em muita bobagem:

"Ora grande, ora pequena... Por que estou como estou? Não sei mais o meu tamanho. De nada tenho certeza. Talvez nem saiba quem sou. Nem de meu nome estou certa. Sou Magda ou sou Helena? Sou burrinha ou sou esperta?"

Alice pôs-se a chorar. Chorou como uma menina, mas ela estava tão grande, e a casa tão pequenina, que suas lágrimas, aos litros, formaram uma piscina! Culpou-se, e disse:

– Menina, você já é bem grandinha pra ficar chorando assim!

De repente, ouviu um grito, e passos com pés molhados; era o coelho que corria e, afobado, repetia, com um leque e um par de luvas nas mãos:

– Eu tenho certeza! Eu vou chegar atrasado! Vou irritar a duquesa!

Alice tentou falar-lhe, mas o coelho assustou-se, soltou as luvas e o leque, saiu correndo e logo sumiu. Alice, então, refrescou-se com o leque do Coelho Branco. Pensou um pouco na vida e no que lhe acontecia. Estando assim, distraída, sem querer, calçou as luvas que o coelho havia abandonado. Ficaram muito bonitas! No entanto, Alice, aflita, pensou:

"Se as luvas são pequenininhas e eu, tão grande assim, como couberam em mim?"

É que Alice não havia notado o que ocorria: ela estava encolhendo, desde que usou o leque... E a piscina de lágrimas, que Alice mesma criou, parecia um imenso mar. A menina, agora pequenina, temeu então se afogar. Para fugir dessa sina, jogou o leque para cima e começou a nadar.

Em pouco tempo, Alice não mais nadava sozinha: acompanhavam a mocinha um antipático rato, uma águia, um dodô, um pato, um periquito e ainda um monte de bichos, cada qual mais esquisito.

Alice chamou o rato, tentando fazer-se amiga. Falou de sua gatinha, que se chamava Diná, mas só irritou o rato, que disse:

– Cruz-credo, um gato! Fora daqui, sai pra lá!

Para não causar uma briga, Alice ficou quietinha. Depois disse:

– Diná é boa gente, é uma gata diferente!

Ao falar, sentiu saudade da vida antes da queda, seguindo o coelho apressado. Lá fora, do outro lado, havia ficado sua amiguinha, que miava doce, qual música, e, meiga, lambia as patinhas.

– Além disso, a agilidade com que ela caça um rato... É boa nisso, de fato. Ah, meu Deus, meu caro Rato, não é nada pessoal, por favor, não leve a mal, não tema minha Diná, vamos, deixe isso pra lá! – continuou Alice.

Para convencer o rato de sua boa intenção, a menina completou:

– Volte, meu amigo, vamos falar de um cão que mora em minha rua. Não tenha medo, eu garanto! Ele late para a lua, fica de pé pelos cantos e é bom caçador, de fato... Ah, meu Deus, que foi que eu disse? Vamos, não me leve a mal...

E o rato fugiu de Alice de novo, era natural. Mas ela logo o alcançou, e os dois juntaram-se aos outros bichos que nadavam na piscina. Estavam numa lambança, rabugentos, irritados, bem sujos e enlameados. E, rodeando a menina, iniciaram um bochicho:

– O assunto é delicado. Já discutimos à beça. Estamos bem encharcados. Como sairemos dessa?

Uma estranha corrida e uma história comprida

Era uma cena singela: Alice banhada em lágrimas, os bichos em volta dela, com penas e pelos molhados, na boca, um gosto de sal, um desconforto geral. Como fazer para secar, para rearrumar as penas, para pentear os pelos, para voltar ao normal?

Com muita impaciência e pouca organização, foi grande a discussão. O periquito clamava:

– Aqui, o mais velho sou eu!

E Alice retrucava:

– Duvido! Pois então diga o ano em que nasceu!

O rato, que tudo ouvia, pareceu perder a calma:

– Muita atenção! – bateu palmas. – Eu tenho a solução.

Todos pararam para ouvir, e, com muita autoridade, o rato, então, ensinou:

– Temos de ir ao deserto, que é árido, que é seco. Mas não existe aqui por perto. Com o mesmo raciocínio, se querem se secar na hora e sem sair da cidade, basta uma aula de história... Napoleão quis a glória, mas foi sua vaidade...

O grupo todo vaiou. A ideia salvadora, quem teve foi o dodô:

– Para secar completamente, vamos correr, minha gente. Não precisam se assustar. Aqui ninguém vai ganhar, tampouco alguém vai perder, nem vamos a parte alguma, apenas vamos correr.

Nem houve "Um, dois, três, já!", e a corrida começou. Seguiam uma pista torta riscada pelo dodô. Corriam quando queriam, paravam se desejavam, mantinham o movimento dos membros varando o vento.

O tempo passou correndo, e, depois de meia hora de uma agitação gostosa, a corrida amistosa rendeu o esperado fruto.

Disse o dodô:

– Chega, agora! Estamos todos enxutos!

– Mas quem ganhou? Quem perdeu? – alguns ainda insistiam em querer esclarecer.

– Todos ganhamos, porque aquilo que nos movia era um bem comum a todos. Não era um pote de ouro, e nossa meta nos unia.

Em coro, o grupo gritou:

– E os prêmios que ganhamos? Quem vai nos dar, quais vão ser?

Dodô não titubeou:

– É claro que é a Alice!

Todos olharam para ela, que ficou muito surpresa, sem saber o que fazer. Mas logo se recuperou, lembrou das balas que tinha no bolso da saia e disse:

– Elas estão bem sequinhas!

Então, foi uma beleza! Cada um pegou uma bala, a conta foi bem certinha.

– E Alice, o que ganhou? Ela também, afinal, correu, secou, merece seu prêmio – lembrou o rato.

No bolso, Alice só tinha a mais um mero dedal. Dodô, então, o pegou e com grande reverência disse, solene, no ato:

– Receba, Sua Excelência, este excelente dedal!

Alice curvou-se e disse:

– Estou emocionada. Obrigada, pessoal!

Espalhados pela sala, cada um pôs-se a comer seu prêmio, mas, que horror! Quase todos se engasgaram com as balas que comiam. Só com tapinhas nas costas, sem dor, mas com alvoroço, as balas se desgrudavam, desciam pelo pescoço.

Alice lembrou, então, que o rato odiava gato e não gostava de cão. E pensou:

"Quem sabe, se ele fala comigo e conta a sua vida, não teme mais minha gata e até se torna meu amigo?"

Depois pediu-lhe:

– Conte-me sua história!

E o rato, de memória, foi logo puxando um fio, e depois outro, e mais outro, e foi de fio a pavio, esticando tanto a história que Alice quase dormiu.

Ainda quis se desculpar, mas o rato irritou-se e Alice foi se lembrando cada vez mais de Diná. E pôs-se, então, a falar, cheia de ternura e prosa, de sua gata mimosa, que gostava de caçar ratos, patos, passarinhos... O grupo, só escutando, foi saindo de mansinho, sumiu sem ela notar...

As ordens do Coelho Branco

Pois é, assim, de repente, toda a paisagem mudou. A piscininha secou, os bichos foram embora, nem mesmo a sala restou. Alice sentiu-se só, desanimou, quase chorou, ficou triste, sem alento, mas foi só por um momento. Pois logo ouviu um ruído de passos se aproximando e pensou:

"É o rato voltando para concluir seu relato, tão comprido!"

Mas quem chegava, de fato, era o coelho agitado, gritando coisas a esmo, falando consigo mesmo:

– A duquesa, com certeza, vai querer me trucidar! É, eu estou liquidado! Agora, é pra valer. Como é que eu pude perder aqueles bens preciosos?

Aí Alice entendeu aquilo que se passava: o que o coelho procurava eram o leque e as luvas. Ela tentou, então, ajudar, mas o coelho apareceu e ordenou, na hora:

– Mariana, corra agora até a casa e me traga um par de luvas e um leque. Corra, corra, vá, não breque! Por que ainda não voltou?

As ordens eram tão claras que Alice nem se irritou. E pensou:

"Na certa, o coelho se enganou. Confundiu-me com a criada. O engano ele conserta. É melhor ficar calada..."

Correu até uma casa pequena, mas bem limpinha, que avistou bem em frente. Nela havia uma plaquinha com o nome "Sr. Coelho".

– Achei! – disse, sorridente.

Entrou, subiu as escadas, sempre correndo, agitada, buscando cumprir as ordens do coelho, tão rabugento. Pensou, então:

"Não aguento! Nessa história, que capricho, só cumpro ordens de bicho! Depois que voltar para casa, eu vou ter de me cuidar, senão quem vai me dar ordens vai ser a minha Diná..."

Não foi difícil para Alice achar o que procurava. Pegou o leque, as luvas e, quando se preparava para deixar a casinha, notou uma garrafinha, bem perto de um espelho.

Pensou um pouco e depois disse em voz alta:

– Já estava demorando para começar outra vez esse negócio estranho de eu mudar de tamanho...

Mas já estava cansada de ficar tão pequenina, se afogando na piscina. Pegou logo a garrafinha e bebeu numa tacada...

Nem é preciso dizer o que foi que aconteceu: Alice pôs-se a crescer, e cresceu, cresceu, cresceu tanto que ficou logo entalada na casa do Coelho Branco. Quanto mais Alice inchava, mais seu corpo transbordava: um braço pela janela, um pé pela chaminé...

Lá fora, o coelho ordenava:

– Mariana, tenho pressa! Traga-me o que pedi! Tá demorando à beça! Olhe que eu entro aí!

Alice tremeu de medo, mas disse:

– Não tem sentido! Sou bem maior que o coelho. Que venha, com seu grunhido!

O coelho tentou entrar e gritou bem alto:

– É agora!

Mas não podia passar na janela nem na porta. Forçou a mão, quebrou os vidros da estufa de uma horta, mas continuou retido, preso do lado de fora...

O coelho gritou, então:

– Pat, onde está você? Ajude-me a sair desta, ou melhor, a entrar nesta...

Os bichos tentaram, com uma escada, entrar pelo telhado. Pensaram em tudo e em nada, em subir e em descer, no teto ou na chaminé, em coisa fácil e difícil. Pensaram até em pôr fogo na casa como artifício para Alice sair de lá. Ela, ao ouvir, se assustou, reagiu e ameaçou:

– Se a casa se queimar, eu solto a minha Diná para caçar todos vocês!

Mortal silêncio se fez. Foi então que, de repente, o coelho trouxe um carrinho com pedras, e estava bem cheio. Começou um bombardeio na casa em que estava Alice. Ela se pôs a gritar:

– Mas que falta de carinho! Vocês vão me machucar! Parem com isso, seus tolos!

Ela, porém, não sabia que cada pedra que caía transformava-se em bolo! Alice mal viu os bolos e logo pôs-se a sorrir. Pensou:

"Não posso ficar maior do que estou, portanto, se como os bolos, ou fico como estou ou devo diminuir..."

Comeu um pouco e, de fato, ficou pequena no ato, pequena, muito pequena! Saiu da casa correndo.

Lá fora, o coelho e os outros bichos a esperavam gritando. Não era bem uma festa...

Alice, muito assustada, saiu numa disparada. Sem ver por onde estava andando, acabou chegando a uma floresta. Pensou, então:

"Estou farta de não ter o meu tamanho! Quero voltar ao normal!"

Para isso, ela já sabia, ou bebia ou comia um pouco de algo estranho. A questão era: o que e quanto, para ficar do tamanho natural?

Passeava distraída, ainda pequenininha, quando encontrou um cãozinho de olhos grandes, redondos, querendo fazer gracinha. Mas parecia enorme e, se ele se distraísse, mesmo brincando, podia até engolir Alice... Aí estava o perigo! Tinha de mudar de vida e achar uma plantinha ou então uma bebida para trazer sua altura de volta, sob medida.

Fugindo, então, do cãozinho, que parecia um cãozão, Alice alimentava seu pensamento singelo. Vagava sem direção e, sem querer, logo estava no meio de uma floresta todinha de cogumelo.

O conselho de uma lagarta

Alice era tão baixinha e os cogumelos, tão altos que, para enxergar um palmo adiante do nariz, ela andou na pontinha dos pés, toda esticada. Estava assim, concentrada, quando viu em sua frente um cogumelo bem grande, com algo de diferente.

Pois é, nele, mansamente, como quem está descansando, uma lagarta azul, enorme, forte, mandona, com ares de sabichona, fumava um cachimbo estranho. Olhou Alice por um momento e logo foi perguntando, sem qualquer constrangimento:

– Me diga, quem é você?

Alice disse:

– Não sei.

E era, de fato, sincera. Não sabia mais quem era, e nem mesmo de onde vinha, se do norte ou do sul. Não sabia nem ao menos qual era o seu tamanho, ora grande, ora pequeno.

A lagarta indagou:

– O que quer dizer com isto? Explique-se, eu insisto!

E Alice respondeu:

– Eu não sei mesmo quem sou. Hoje de manhã, sabia. Depois, porém, tudo foi ficando muito confuso. Agora, não saberia dizer quem sou mesmo eu...

– Não há qualquer confusão! Pelo menos, eu não vejo – a lagarta afirmou.

– Ah, não? Pois então eu gostaria de ver como a senhora de fato se sentiria mudando a toda hora, sem nunca ficar quieta, ora sendo uma lagarta, ora uma borboleta...

A lagarta disse:

– Ora, nada me parece estranho. Você é cabeça-dura. Agora, então, vamos ver. De que tamanho quer ser?

Tentando parecer decidida, Alice disse, sincera:

– Quisera ser bem mais alta! Ter meio palmo de altura é risível. Me faz falta olhar em frente, em volta, ter uma visão mais ampla da vida.

– Quanta falta de cultura! Que preconceito! É possível ver longe com a minha altura! – disse a lagarta, ofendida.

– Não é bem isso! – Alice foi logo se desculpando. – Quero ter a mesma altura sempre, e não estar mudando o tempo todo. É bom a gente saber o tamanho que tem. Não querer ser mais do que é, nem se apequenar também.

– Vamos logo, não complique a vida inutilmente. Eis um conselho de ouro, vale mais que um tesouro: o cogumelo à sua frente tem um jeito meio estranho, mas é um remédio perfeito para acertar o seu tamanho. Comendo um de seus lados, você cresce pra valer! Porém, se comer o outro, é contrário o efeito: você vai diminuir. Só não digo qual dos lados faz crescer, se o direito ou o esquerdo. É você que terá de descobrir! – finalizou a lagarta.

Alice, muito prudente, cortou logo dois pedaços do cogumelo encantado, um deles de cada lado. E deu uma mordidinha no pedaço da direita. Funcionou ao revés daquilo que procurava, pois diminuiu na hora, o queixo bateu nos pés... Mordeu, então, com vontade, o outro pedaço, agora; e logo estava refeita. Cresceu, cresceu plenamente, ficou grande de verdade.

Mas Alice, de repente, passou a achar estranha a sua nova estatura. Notou, com grande alvoroço: seus ombros estavam lá embaixo, e como cresceu seu pescoço! A cabeça, nas alturas, ganhou até de uma árvore, onde uma pomba, com arte, tinha feito um belo ninho. Nele havia botado seus ovos e cuidava com carinho das promessas de pombinhos. Mas eis que, assim, de repente, aquele pescoço fino invadiu seu espaço aéreo... A pomba disse:

– De novo! Na certa é uma serpente, sempre à procura de um ovo!

Alice gritou:

– Não tema! Eu não sou serpente alguma, sou somente uma menina!

Mas a pomba, assustada, disse:

– Com este pescoço? Não é menina, é serpente! – E manteve o alvoroço.

Alice disse de novo:

– Juro que não sou serpente!

E a pomba disse:

– Eu provo! Responda: gosta de ovo?

– Claro que gosto, e daí? – Alice falou, e a pomba prosseguiu argumentando:

– É mais do que evidente! Serpentes gostam de ovo. Meninas gostam de ovo. É, meninas são serpentes!

Alice deu um grande grito:

– Não quero nem ver seus ovos! Só gosto de ovos fritos!

E a pomba:

– Então vá embora!

Alice obedeceu. E, esquivando-se das árvores, seguiu sem saber para onde, com aquele pescoço grande. Lembrou então o conselho da lagarta e relaxou. E foi assim que notou que um resto de cogumelo consigo permaneceu... Tinha de um e do outro lado, ainda bem, nada mal.

"Comendo esta comida, um pouco de cada lado, controlando a medida, posso voltar ao normal...", pensou a menina.

Porco e pimenta

É, Alice conseguiu realizar seu intento, reconquistar seu tamanho. Já fazia tanto tempo que esticava e encolhia que até achou estranho. Andou, então, livremente, em meio a um campo lindo, na natureza tão pura. Logo viu uma casinha, parecia de brinquedo, só tinha um metro de altura. Alice disse, sorrindo:
– Se me virem, vão ter medo! Pareço um enorme gigante!
E decidiu, num instante:
– Vou comer mais cogumelo, para ficar pequenininha e entrar nesta casinha.
Ficou com um palmo de altura e se aproximou da casa. Então notou um criado, que lá havia chegado. Ele era muito engraçado, uma estranha criatura: tinha cabeça de peixe, cabelos caracolados e usava um uniforme parecido com o de um soldado. Foi logo batendo à porta, e atendeu outro criado, esse com cara de rã... O peixe, então, deu à rã um envelope lacrado, e disse, sério, empolado:
– Entregue para a duquesa. É um convite da rainha. Ela quer vê-la em seu campo para um jogo de croqué.

O criado rã, também com um jeito bem formal, disse:

– Recebo o convite da rainha para a duquesa, para um jogo de croqué.

E ficou olhando o céu, ali, do lado de fora, com um jeito apalermado, enquanto o outro criado foi embora, deu no pé.

Alice, então, decidiu:

– Também vou bater à porta. Vou explorar a casinha. Quero ver como ela é.

Foi quando o criado rã, que era meio tantã, disse bem sério para Alice:

– Não adianta bater, é uma grande tolice. Não vê que eu e você estamos do mesmo lado?

– Mas quero entrar – disse Alice.

E o criado insistiu:

– Impossível eu permitir. Não dá, se não existir uma parede entre nós. Mas de que vale entrar? Veja o barulho que está lá dentro, que confusão! Quanto grito, quanto espirro! E há um bebê chorando, pratos voando e quebrando. Para que quer entrar, então?

Alice se irritou com tanta intromissão a que estava exposta. Abriu a porta, entrou, e quase caiu de costas. A casa era muito feia, cheia de fumaça preta, da sala até a cozinha. Sentada em um banquinho, a duquesa embalava um bebê muito chorão. A cozinheira mexia um caldeirão que continha uma sopa bolorenta. Nela, certamente, havia pimenta, muita pimenta. Por isso é que espirravam todos os que lá entravam. Só não se incomodavam a cozinheira e um gato, deitado junto à lareira, sorrindo de orelha a orelha...

– Minha nossa, não sabia que gato também sorria! – disse Alice, espantada.

Mas a duquesa, grosseira, respondeu na mesma hora:

– Você não sabe de nada!

Alice ficou zangada, mas logo esqueceu tudo, porque o maior tumulto ainda estava por vir. A cozinheira, cansada de ouvir tanto barulho, esquentou, enlouqueceu, perdeu todo o seu recato e aumentou a confusão. Sem a mínima atenção, sem tomar qualquer cuidado, jogava tudo para o alto: tachos, travessas e pratos voavam para todo lado, tudo subia e descia. Somente o gato sorria...

– Cuidado com o bebê! – gritou Alice, assustada.

Mas a duquesa, apressada, não quis se preocupar. Jogou o bebê no colo de Alice e saiu correndo, dizendo:

– Eu vou jogar com a rainha, você bem sabe, fui convidada para um jogo de croqué!

O bebê esperneava, gritava, se debatia, espirrava e chorava. Alice se comovia e temia pela sorte daquele estranho bebê. Pensou:

"Preciso tirá-lo daqui agora, senão não passa uma hora e vão levá-lo à morte!"

Olhou para ele, bem terna, tentou fazer-lhe um carinho. Foi quando notou suas pernas, seus olhos apertadinhos e aquele grande focinho, bem no lugar do nariz: pois é, o bebê chorão tinha se transformado num porquinho!

Alice soltou o porco e ele saiu correndo de um jeito meio esquisito. Ela pensou, no entanto:

"Como um bebê, era feio; mas, como um porco, é bonito!"

Sentindo-se aliviada, Alice encontrou o gato, que, como sempre, sorria. E parecia simpático. Alice, então, arriscou e disse:

– Meu caro Gato, sinto-me tão isolada! Estou perdida, de fato. Nem mesmo sei mais quem sou. Ajude-me, por favor. Eu quero achar o caminho!

– Para onde você quer ir? – retrucou, de imediato, com muito zelo, o gato.

– Não sei, não tenho destino certo. Não sei se estou longe ou perto de onde quero chegar.

O gato, então, pôs-se a rir e disse, alto e bom som:

– Se não sabe aonde quer ir, todo caminho é bom...

Um chá muito louco

Alice ficou sem jeito com a franqueza do gato, mas concordou com o que ele disse, gostou de sua clareza:

– É tanta gente maluca que tenho encontrado aqui, que estou desacostumando de usar de fato a cuca, de pensar assim, direito.

Andou um pouco e, refeita, viu logo um par de casinhas; entre elas, um jardim. Na casinha da direita, havia uma lebre estranha, com jeito de maluquinha; na outra, um chapeleiro,

um tipo bem engraçado, também não lhe parecia tão equilibrado assim... Embora já conformada, Alice pensou, aflita:

"Pois é, mais uma vez, estou cercada de gente bem esquisita!"

A lebre e o chapeleiro tomavam chá no jardim. A mesa posta era imensa, cheia de pratos, talheres, era uma mesa sem fim. Estava quase vazia: além dos dois, só havia uma marmota entre eles; e a marmota dormia, roncava bem desligada, servindo de almofada.

E Alice, ingênua, pensou:

"Depois de tanta doidice, um chá até que vai bem!"

Mas, quando se aproximou da imensa mesa vazia, ouviu logo a gritaria:

– Nem vem que não tem lugar!

Alice ficou surpresa, pois os três estavam juntos em um cantinho da mesa. Então gritou:

– Pois eu vou, tem muito lugar aí! – E sentou-se, sem pedir.

A lebre mudou de tom e disse para Alice:

– Tome um cálice de vinho!

De novo, ela estranhou:

– Mas o vinho, onde está?

A lebre, então, confirmou:

– Não há vinho, apenas chá.

Alice se ofendeu:

– Então, como ofereceu o que não tem para dar?

E a lebre retrucou:

– Lembre-se de que ninguém a convidou para sentar!

Nesse momento, o chapeleiro, que tudo observava, entrou na conversa e disse:
– Agora é minha vez!
Tirou do bolso um relógio e perguntou para Alice:
– Qual é o dia do mês?
Ela falou:
– Dia quatro.
E ele, muito agitado, lamentou:
– Eu já sabia que o relógio atrasava. Eu já sabia, de fato, que a manteiga não prestava!
A lebre se defendeu:
– Foi a melhor que encontrei.
Alice não entendeu a estranha ligação entre o relógio e a manteiga. Pensou, então:
"Não sei não, acho que também pirei!"
E prestou muita atenção naquele relógio estranho. Ele não marcava a hora, viam-se apenas os dias. Ela quis saber por quê. E o chapeleiro, irritado, argumentou:
– Para que marcar as horas do dia, se é sempre a mesma hora? De que, então, serviria?
Foi aí que Alice viu: naquele estranho lugar, eram sempre cinco horas, era sempre hora do chá. Por isso, a mesa estava sempre posta e nem dava tempo para lavar a louça! Alice, então, refletiu:
"Se o tempo parasse bem na hora de estar na escola, eu não poderia brincar, nem mesmo cresceria, ficaria sempre menina..."

O chapeleiro sorriu e disse:

– É estranho o tempo. Ele é bem complicado. Se brigamos com o tempo, se ele é maltratado, chovem então contratempos, e eles fundem nossa cuca. Foi o tempo que deixou a lebre assim, tão maluca.

E, como se fosse são, o chapeleiro pegou o bule de chá e despejou na marmota, que ainda dormitava... Para disfarçar, perguntou:

– Qual a sua opinião?

A marmota, bem tontinha, nem sabia onde estava, mas disse que concordava:

– Acho legal o que disse!

A lebre mudou de assunto, pois aquele a incomodava, e falou, então, para Alice:

– Vamos lá, tome mais chá!

Mas, desde que havia chegado, Alice nada havia tomado...

– Como posso tomar mais se não tomei chá algum? Isso é um contrassenso!

O chapeleiro, no entanto, foi logo dizendo:

– Penso que você não sabe nada, é mesmo bem complicada! Se você não tomou nada, é fácil, então, tomar mais, não pode é tomar menos... Isso é simples demais! Qual a razão do espanto?

Alice, de novo, estava totalmente atrapalhada com aquela argumentação.

– É, eu não tinha pensado nisso – Alice falou.

E o chapeleiro, grosseiro, depressa arrematou:

– Tem de prestar atenção. Falar sem pensar é um risco, é como dar um mugido, devia ser proibido.

Desta vez, o chapeleiro tinha passado da conta! Alice pensou: "Sou tonta se permanecer aqui."

Levantou-se, foi embora, sentindo-se idiota. Os três nem notaram que saía. Ainda olhou para trás, e não acreditou no que viu: a coitada da marmota, que, desligada, dormia, estava sendo enfiada no bule quente de chá!

"Não volto a este lugar. Aqui são todos dementes." E Alice pôs-se a andar em meio à mata densa.

E então, de repente, uma árvore imensa, com a copa bem frondosa, apareceu em sua frente. No tronco havia uma porta, e Alice, bem curiosa, pensou:

"O que há lá dentro? Fico aqui fora ou entro?".

Entrou, lógico, na hora. E viu que estava na sala do começo desta história... Aquela com a mesinha, com a chavinha em cima. A chavinha da portinha que dava em um belo jardim. Alice pensou:

"Enfim, eu vou poder entrar lá!".

Comeu, então, um pouquinho do cogumelo encantado e diminuiu certinho, para passar para o outro lado.

O estranho jogo da rainha

Do outro lado, o jardim era mesmo uma beleza! Havia lindos canteiros, fontes, roseiras sem fim. Bem diante da entrada, um monte de rosas brancas estavam sendo pintadas por estranhos jardineiros. Eles tinham a forma de cartas de um baralho comum e eram do naipe de espadas.

Alice não entendia, não via sentido algum naquilo. Por que pintar de vermelho as rosas brancas, tão lindas? Alice, timidamente, perguntou qual a razão. E de um jardineiro-carta veio, então, a confissão: se a plantação fosse certa, as rosas deviam ser vermelhas, pois era assim que a rainha queria.

Mas eles se enganaram e agora tinham em mente consertar o que erraram, antes de a rainha ver. Senão, as suas cabeças iam rolar, certamente...

De repente, o cinco de espadas gritou, freneticamente:
– A rainha já vem vindo!

E todos se recurvaram, voltando o rosto para o chão. Mas Alice se recusou:
"Eu, não! Primeiro quero ver a rainha. Pois de que vale um cortejo, se me curvo e nada vejo?"

E ela, então, viu tudinho: bem à frente do cortejo, ordenados, bem chatinhos, os soldados eram cartas, todas do naipe de paus, iguaizinhos aos jardineiros, só que tinham cara de maus... Depois, vinham os fidalgos, os guardiões do Tesouro, que eram as cartas de ouros, também em dez, dois a dois. As crianças, enfeitadas, todas do naipe de copas, marchavam juntas, logo depois.

Por fim, vinham os convidados: reis, rainhas e bicões, todos bem engalanados, empolados, sorridentes. Até mesmo o Coelho Branco aparecia, falante, fingindo ser importante, num grande disse me disse, nem deu bola para Alice. E o Valete de Copas, com a coroa do rei na almofada de veludo, queria controlar tudo. E finalmente, quem vinha? O rei e a grande rainha.

Alice viu a Rainha de Copas, lá desfilando. A rainha viu Alice e foi logo perguntando ao valete topetudo:

– Quem é aquela menina?

Ele sorriu, nada disse, ficou bem pouco à vontade.

Alice não hesitou e disse:

– Sou eu, Majestade, Alice, para servi-la.

Depois, pensou:

"Que tolice! Para que tanta reverência? De arrogância estou farta! Por que curvar-me diante de um belo monte de cartas?"

A rainha examinou a roseira toda branca que os jardineiros pin-

tavam. Logo entendeu o que aprontavam. E aos soldados gritou:

– Cortem-lhes já as cabeças!

Alice se irritou. Para que tanta violência por tão pequeno senão? Em toda a sua existência, era a primeira ocorrência de copas sem coração.

A rainha não estava nem aí, sempre berrando para conseguir o que queria. E foi mudando de assunto, convidando (ou intimando):

– Pois vamos jogar croqué!

Era um jogo muito louco o que a rainha jogava: o campo era esburacado, mal se ficava em pé; as bolas eram ouriços vivos, todos eriçados; os tacos eram flamingos, que nunca ficavam quietos, que eram tudo, menos retos; e os arcos eram os corpos dos soldados encurvados. Pegar os tacos-flamingos, tocar as bolas-ouriços dentro dos arcos-soldados: eis, então, como era o estranho croqué.

Para jogar, todos corriam sem muita organização, e a rainha gritava, desviando a atenção, como se fosse demente:

– Ninguém me desobedeça! Vamos, cortem-lhe a cabeça!

Alice, muito prudente, fugia da confusão e procurava escapar. Foi quando enxergou, no ar, o sorriso de um gato; ela lembrou-se, no ato, lá da casa da duquesa. Era ele, com certeza, era o Gato Sorridente. Desta vez, estranhamente, o seu corpo não se via, só a cabeça sorria...

– E o jogo, como está indo? – perguntou o gato a Alice, que respondeu:

– É doidice, não dá para jogar direito. Todos aqui são birutas, rodando para todo lado, todo mundo misturado, como salada de frutas.

E o gato, sempre sorrindo...

Não demorou e a rainha irritou-se com o gato, que dela se escondia e tão somente sorria. Chamou, então o carrasco e decretou, muito fria:

– Que bicho desaforado! A decisão é só minha. Deve ser decapitado!

Mas o carrasco disse:

– Como é que vou separar a cabeça de um corpo, se ela paira no ar? Como vou poder cortar o que já está cortado? Estou desorientado!

Alice, então, interveio e declarou, com firmeza:

– Não podem mexer com o gato sem consultar a duquesa!

Mas ela estava presa, por um crime hediondo: o desacato à rainha (como, aliás, todo mundo). O carrasco foi buscá-la, mas, em meio à confusão, o gato inteiro sumiu, nem mesmo disse "Até logo!". Então, o rei e a rainha gritaram:

– Onde já se viu? – E retornaram ao jogo.

A história da Tartaruga Encucada

Logo a duquesa chegou e disse:
– Que bom revê-la, minha querida Alice!

Ela, que era tão brava lá na casa da fumaça, da pimenta e do porquinho, agora se desmanchava, mostrando muito carinho.

Alice desconfiou, mas pensou:

"Era a pimenta que a deixava esquentada, o vinagre é que azedava seus modos, lá na cozinha.

Se agora ficou mansinha, como um anjinho do céu, deve ter comido mel..."

Olhando bem para Alice, a duquesa perguntou:

– Em que você está pensando? Sua cabeça está cheia de coisas interessantes... – E se aproximou bastante.

Alice, então, notou:

"Como a duquesa é feia!". E se afastou, disfarçando.

Nisso, a rainha chegou, como sempre, esbravejando, e disse para a duquesa:

– Cadê seu gato malandro, que não respeita ninguém, e vive sempre a sorrir? Sumiu? Pois suma também, vá para bem longe daqui! Saia correndo depressa, senão lhe corto a cabeça...

A duquesa obedeceu. E a rainha voltou-se para Alice e disse:

– Ao jogo voltemos, você e eu!

Mas não havia mais jogo. A rainha havia condenado os jogadores à morte; a todos, a mesma sorte, e nenhum deles havia restado...

Os soldados, que eram arcos por onde as bolas passavam, levantavam-se e ficavam prendendo os condenados.

Livres das penas da lei, somente Alice e o rei. Mas, para alívio de Alice, a rainha distraiu-se e o rei disse:

– Estão todos perdoados!

Mudando o rumo da prosa, a rainha perguntou:

– E a Tartaruga Encucada? Você já a encontrou? Ela é meio atrapalhada, mas, você precisa ver, tem uma história curiosa, que vai comover você!

E ordenou, do seu jeito, ao grifo, que, relaxado, dormia muito tranquilo:

– Leve Alice à Tartaruga, à Tartaruga Encucada, para ouvir sua história! Levante, vamos, agora!

O grifo era um bicho estranho, meio leão, meio águia, com orelhas deste tamanho, e olhos bem grandes também! Logo zombou da rainha:

– Ah, essa falsa verduga! Não executa ninguém... Vamos ver a tartaruga!

Alice e o grifo seguiram o caminho à sua frente e logo descobriram uma tartaruga triste, sentada em uma pedra, sozinha, desanimada, suspirando lentamente.

"O que será que ela sente?", pensou Alice, tocada.

O grifo se adiantou e disse:

– Aqui está Alice, que a rainha mandou para ouvir sua história. Vamos, refresque a memória e conte tudo de vez!

Mas o silêncio se fez. A tartaruga empacou. Nada dizia, ficava somente a suspirar. E Alice se preocupava:

"Se a história não começa, como pode acabar?"

A Tartaruga Encucada iniciou, afinal, dizendo:
– Em meu passado, eu também já fui normal.
E logo ficou parada novamente, soluçando.
Alice, dissimulando, quase disse: "Obrigada pela sua bela história...". Mas se conteve, na hora, e a tartaruga, animada de novo, pôs-se a falar:
– Quando ainda era criança, junto com minhas irmãs, gostava de estudar, bem lá no fundo do mar. A escola era excelente e tínhamos confiança no que ensinavam pra gente. Em vez de ter tabuadas ou ler histórias morféticas, estudávamos a água, inclusive a doce e a mágoa, e também "maritmética", com um monte de operações: ambição, insubmissão, "maiscriação", distração...
Então Alice pensou:
"Ela vive do passado, deixa o presente de lado; é aí que mora o perigo, por isso vive tão triste".
E a tartaruga continuou:
– Minha escola era melhor do que a que hoje existe! Afirmo, não tenho medo. Lição de casa? Havia. Mas aí estava o segredo! Ficar trancado em casa todo o dia? Nem pensar... Na primeira vez, dez horas; depois nove, depois oito, depois sete, depois seis... E assim, vejam vocês, depois do décimo dia, nada a fazer, só brincar...

Lagostas dançam quadrilha

A Tartaruga Encucada ainda chorava as mágoas, com os olhos cheios de água, lembrando de seu passado.

O grifo já não aguentava mais e disse:

— Em seu pescoço há um osso atravessado... Tente engolir de uma vez.

A tartaruga assim fez, se refez e disse para Alice, limpando a face com as mãos:

— Na certa, você jamais viveu no fundo do mar... Certamente ia gostar! Faço até uma aposta. Aposto que nunca viu de perto uma lagosta.

Alice quase disse: "Já comi uma, uma vez!".

Lembrando, porém, do rato, que tinha medo de cão e até de sua Diná, limitou-se a afirmar:

— É, nunca vi, não.

E a tartaruga, orgulhosa, falou, então, toda prosa:

— Então não sabe o que é a pequena maravilha: uma dança de quadrilha, a quadrilha das lagostas.

Alice disse:

– De fato, eu nunca vi tal festança.

O grifo, todo animado, explicou:

– É muito simples, vou dizer como se dança. Forma-se a fila comprida, na praia toda limpinha, das ardentes águas-vivas...

– Na verdade, duas filas – a tartaruga emendou.

E o grifo continuou:

– Numa delas ficam focas, tartarugas e salmões, e peixes bem diferentes. A outra é de lagostas, postas em frente à primeira fila, cada uma com seu par. Lagostas e não lagostas, de mãos dadas, fecham a roda e começam a dançar. Depois disso, dão um passo...

— Dois passos, não se confunda – corrigiu a tartaruga.

— Isso mesmo, e, em seguida, há um troca-troca de par e volta-se a rodar. Outra vez, dão mais dois passos e assim seguem mansamente. Mas eis que, bem de repente, as lagostas são jogadas bem longe, dentro do mar... Depois, elas nadam, voltam, retomam o seu lugar, e todos voltam a rodar.

Alice não via graça, mas disse, só para agradar:

— É interessante, é uma dança animada.

Alegre com o elogio, o grifo se encheu de brio, e a Tartaruga Encucada pôs-se, então, a cantar:

"Viva a dona Lagosta!
Ela é pura simpatia
De dançar quadrilha gosta
Mexe as pernas com harmonia!

Oh, meu caro Caranguejo
Há quanto tempo não o vejo!
Venha aqui, chegue mais perto
E vai gostar, estou certo!

Meu amigo Caramujo
Não venha com jogo sujo
Que eu vou lavar, devagar,
Sua sujeira no mar..."

Ao notar que a alegria a todos contagiou, o grifo, que não sabia cantar, também se animou:

"A Tartaruga Encucada,
Que vive sempre chorosa,
Fica feliz e acha a vida
Uma grande maravilha
Quando dança uma quadrilha.

E desmancha toda ruga
Diante de uma comida
De aparência singela:
É sopa, numa tigela.
Opa... não digam pra ela
Que é sopa de tartaruga!"

Alice achou muita graça nas canções que eram cantadas e não poupavam ninguém; gostou mais delas do que da dança... Ia até cantar também, mas logo ouviu-se um grito: era o grifo, muito aflito, dizendo:

– Chegou o momento! Vamos ver o julgamento!

Quem roubou as tortas?

Alice disse:
– Afinal, de quem é o julgamento?
Mas ninguém lhe respondeu. Mesmo assim, toda animada, não hesitou um momento; seguiu o grifo, correu, foi até o tribunal.
"Aqui é a casa da lei!", pensou ela, deslumbrada.
Logo avistou o Rei e a Rainha de Copas, esta sempre irritada, sempre empinando o nariz. Sentadas em volta, quietas, um monte de criaturas: pássaros, peixes e cartas de baralho, e muito mais. A multidão era farta.
O rei era o juiz; o Coelho Branco, o arauto, trazia uma trombeta e um pergaminho na mão, contendo a acusação. Eram doze os jurados, e estavam bem agitados, tomando nota de tudo. Todos tinham uma prancheta. Até mesmo o próprio nome escreviam com cuidado, para poder se lembrar... Alice pensou:
"Coitado de quem eles vão julgar!".
O valete era o acusado. Sim, o Valete de Copas. Estava bem amarrado, guardado pelos soldados, cartas do naipe de paus, todos com cara de maus.

No meio do tribunal, havia uma mesa cheia de tortas bem tentadoras. Alice pensou na hora:

"Eu estou morta de fome! Um pedacinho cairia bem. Só um pouquinho assim já estaria bom pra mim...".

Mas deixou para o final, pois o arauto gritou:

– Silêncio no tribunal!

O rei ordenou:

– Pois leia agora a acusação!

O coelho, então, leu:

– Consta que a nobre rainha fez tortas lá na cozinha. Aprontou-as e saiu para ver o sol de verão. Mas o Valete de Copas, em atitude mesquinha, pegou as tortas, sumiu, fugiu como um ladrão.

– Pois então – falou o rei –, o crime, já confessado, é odioso, indecente. Que aqui se cumpra a lei! Convido os nobres jurados: proclamem seus veredictos!

– Ainda não, ainda não! – gritou o coelho, aflito. – Falta ouvir os depoentes. O chapeleiro é o primeiro.

Entrou no recinto, então, o confuso chapeleiro, trazendo em suas mãos uma xícara de chá e um pedaço de pão. Foi logo dizendo assim:

– Peço perdão, Majestade. Não é por minha vontade, mas não posso terminar; esse chá não chega ao fim...

– Pois devia acabar – disse o rei, irritado. – E tire o seu chapéu aqui, diante de mim, senão você vira réu.

O chapeleiro insistiu:

– Este chapéu não é meu!

O rei emendou, então:

– Pois que anotem os jurados: este chapéu é roubado!

O chapeleiro tremia. Dizia, todo afobado:

– Não é isso, pode ver, eu sou um pobre coitado. Meus chapéus são para vender.

E o rei assustou a todos, com seu modo desastrado, dizendo:

– Quem me enganar, eu mando executar!

Alice podia ver tudo o que se passava. Ela não perdia nada. Viu a Lebre Maluquinha, bem juntinho da marmota, que somente resmungava, servindo de almofada. Viu o pobre chapeleiro, tremendo o corpo inteiro, mordendo a asa da xícara, em vez de sua torrada. Ela só observava, não queria perder nada. Mas, de repente, então, teve a estranha sensação de que voltava a crescer...

É, Alice havia se esquecido de que era uma menina, de seu tamanho normal. Já estava mesmo farta de igualar-se com as cartas, na sala, que, só agora, achava tão pequenina. Gostou do que ocorria, mas, sem querer, espremia a coitada da marmota, que não hesitou e disse:

– Olhe, não é rabugice, mas cresça mais devagar, senão vai me "amarmotar", digo, vai me amarrotar...

O coelho logo chamou a testemunha seguinte, que era a cozinheira, a da casa da duquesa. Tão logo ela entrou no venerável recinto, sacudiu a pimenteira, infestando o ambiente. Muita gente espirrou e correu até a porta.

O rei, então, alertou:

– Você podia ser presa! Agora, se não se importa, vamos ao que interessa. Como se faz uma torta?

Ela respondeu na hora:

– Que fiquem todos sabendo, neste honrado tribunal, que, na feitura da torta, a pimenta é o principal.

A marmota palpitou:

– É pimenta com melado!

A rainha não gostou e disse:

– Como é que pode? Isso parece lorota! Segurem essa marmota e cortem o seu bigode! Para que não me aborreça, cortem também a cabeça!

Uma grande confusão se estabeleceu na hora. A cozinheira fugiu, foi para a casa da duquesa. A marmota se escondeu, dormiu embaixo da mesa. O rei estava cansado, e o coelho, compenetrado, tocou a trombeta e disse:

– Silêncio no ambiente! O próximo depoente é a senhorita Alice!

O depoimento de Alice

— Aqui estou — disse Alice, e levantou-se depressa, esquecendo-se de que estava grande à beça.

Assim, toda estabanada, derrubou, numa tacada, todo o corpo de jurados. Pediu, então, mil desculpas, ficou mesmo desolada e os recolheu com cuidado, um a um, bem devagar, repondo-os no lugar.

O júri, já recomposto, retomou com muito gosto a caneta e a prancheta e voltou a anotar tudo o que acontecia, inclusive o vendaval provocado por Alice na sala do tribunal.

A sessão começou, e logo o rei disse:

— Alice, você promete falar somente a verdade? Pois diga tudo o que sabe sobre o roubo do valete.

Alice falou na hora:

– Prometo, mas nada sei sobre as tortas da rainha. Não sei nada, nada mesmo. Eu não sei mesmo nadinha.

O rei olhou para os jurados e disse:

– É muito importante o que afirmou Alice!

Eles anotaram tudo. Como sempre, estavam mudos, mas o coelho interferiu:

– O que Vossa Majestade quis dizer neste instante é que o que Alice disse é muito desimportante!

– Claro – consertou o rei, e, justo nesse momento, notou o tamanho de Alice. Abriu um livro de regras que tinha em sua mão e gritou:

– Silêncio!

Depois, pediu muita atenção para o que estava escrito e insistiu:

– Eu não minto! É a Regra Quarenta e Dois: "Quem tiver mais de mil metros deve deixar o recinto".

Todos olharam para Alice, que ficou desconcertada com tamanho exagero e disse:

– Isso é tolice! Não tenho mil metros nada! Não chego nem a dois metros!

A rainha, irritada, reagiu com destempero, dizendo:

– Tem dois mil metros! Confesse isso ligeiro!

Alice disse:

– Não tenho. E nem vou sair daqui. Quem é que vai me tirar? Também sou boa de briga. Essa regra não existe. Acabaram de inventar!

O rei franziu o cenho e disse para Alice:

– É a regra mais antiga. Você tem de respeitar.

Mas Alice fuzilou:

– Não é, de jeito nenhum! Se fosse a mais antiga, seria a número Um!

O rei, então, disfarçou e perguntou ao arauto:

– O que temos mais nos autos?

Ele logo respondeu:

– Temos aqui, afinal, o principal documento que chegou ao tribunal. É uma carta lacrada, com um poema, parece. Ela não está assinada, nem consta o remetente.

– A letra é do valete? – perguntou um dos jurados.

– Não é – respondeu o coelho.

– Então é mesmo culpado, o valete negligente, pois escreveu disfarçado, e nem mesmo assinou. Assim, ele se entregou – raciocinou o rei.

O valete protestou:

– Não posso ser acusado. Não assinar não é culpa. Pode ser até desculpa. Quer dizer, falta de culpa. É isso que diz a lei.

Alice disse:

– Apoiado! Que tribunal enrolado! Por que é que não se lê o que aí está escrito?

O rei, então, deu um grito e ordenou ao arauto:

– Vamos logo, pode ler! E leia tudo bem alto!

Mas a carta amalucada, coisa de doido varrido, não tinha qualquer sentido. O coelho leu:

– Já disse, não sei de nada, eu nem mesmo sei nadar, nem no rio nem no mar. Eu não nado muito bem, não nado como ninguém. Como ninguém eu não rio, sorrio, não sei somar, mas eu tenho muito brio, e já sei que vou sobrar nessa conversa enrolada. Já disse, não sei de nada.

O rei falou:

– Isso prova que o réu é mesmo culpado.

E os jurados, calados, fingiam tudo entender. Agora, segundo o rei, bastava o veredicto e depois dar a sentença, fazendo cumprir a lei. Mas a rainha deu um grito:

– Primeiro, quero a sentença; depois, vem o veredicto!

Alice, sem se conter, gritou:

– É idiotice! Como se pode inverter uma ordem natural? Só falta mesmo ocorrer, neste estranho tribunal, uma total inversão: no começo, a execução; depois, vem o julgamento! Isso é coisa de jumento!

A rainha ordenou:

– Cortem-lhe agora a cabeça!

Mas, sem medo de ninguém, Alice era só desdém... Todo o baralho avançou na direção de Alice, choveram cartas à beça. Vieram, bem misturadas, reis, valetes, damas, setes, copas, ouros, paus, espadas, quatros, ases, cincos, seis, todos juntos, de uma vez, numa grande gritaria, avançaram sobre Alice, que, agitada, defendia as suas faces com as mãos.

Foi quando ela ouviu uma voz bem conhecida falando ao seu ouvido:

— Acorde, minha querida! Você já dorme há um tempão!

E tudo, então, fez sentido. No colo de sua irmã tudo havia começado... Havia dormido e sonhado um sonho longo, estranho. As cartas, rumo ao seu rosto, com um jeito tão violento, eram só as folhas secas, caindo ao sabor do vento.

Ela contou tudo à irmã, que ouviu com muito gosto, saboreando os pedaços da aventura encantada. Depois lhe deu um abraço e um beijo bem terno e disse:

— Vamos acordar, Alice! Está na hora do chá! As torradas são fresquinhas. Está com fome, aposto!

Ela concordou na hora e foi correndo, ligeiro, não sem antes se lembrar da casa do chapeleiro.

Sua irmã ficou quietinha, lembrando o sonho de Alice, com a cabeça apoiada nas mãos, os olhos fechados. Tudo, tudo foi lembrado. Era uma lembrança tão viva e cheia de animação que parecia que ela é que havia sonhado... Então pensou em Alice e na vida que levava, leve, alegre, animada. Ah, a vida! Roda-viva! É tão breve, vai passando... A gente vive na estrada, enquanto está caminhando. Logo Alice será moça. Tomara, sempre criança; quisera, sempre sonhando.

Quem foi Lewis Carroll?

Charles Lutwidge Dodgson, mais conhecido como Lewis Carroll, nasceu em 27 de janeiro de 1832, na pequena cidade de Daresbury, na Inglaterra. Era o filho mais velho de uma família relativamente abastada. Seu pai, que era pastor, orientou-o a seguir a carreira religiosa, mas ele acabou se tornando professor de matemática na Universidade de Oxford.

Para escrever o clássico que você acabou de ler, Carroll inspirou-se em Alice Liddell, filha do diretor da universidade. Ele costumava contar-lhe histórias em que ela era a personagem principal. Alice pediu a ele que escrevesse essas aventuras para ela. *Alice no País das Maravilhas* foi publicado em 1866. Alguns anos depois, Carroll escreveu *Através do espelho e o que Alice encontrou lá*. Os dois livros descrevem aventuras vividas por Alice enquanto sonhava.

Carroll morreu em Guildford, no sul da Inglaterra, em 1898.

Quem é Nílson José Machado?

Nílson é doutor em educação pela Universidade de São Paulo, onde lecionou, inicialmente no Instituto de Matemática e Estatística e posteriormente na Faculdade de Educação. Escreveu diversos livros, frutos de seu trabalho acadêmico, mas tem especial interesse em textos paradidáticos. Já publicou mais de uma dezena de tais textos, a maior parte dos quais voltada para crianças a partir dos sete anos.

Alice no País das Maravilhas

Lewis Carroll
adaptação de Nílson José Machado
ilustrações de Dorotéia Vale

Ao seguir a trilha de um coelho apressado, Alice se deparou com um estranho mundo. Animais falantes, seres em forma de cartas de baralho e outras criaturas habitavam o País das Maravilhas, um lugar imprevisível, onde cada passo conduzia a uma nova descoberta.

Este encarte faz parte do livro. Não pode ser vendido separadamente.

editora scipione

Relembrando os personagens

1 Em sua aventura pelo País das Maravilhas, Alice conversou com várias criaturas que diziam coisas intrigantes. Associe os personagens às suas falas.

1 Vou chegar bem atrasado!

2 Receba, Sua Excelência, este excelente dedal!

3 Com este pescoço? Não é menina, é serpente!

4 Não há qualquer confusão!

5 Para que marcar as horas do dia, se é sempre a mesma hora?

6 Se não sabe aonde quer ir, todo caminho é bom...

7 Cortem-lhes já as cabeças!

Você se lembra dos personagens da história? Encontre os nomes no diagrama abaixo.

```
C O E L H O B R A N C O P Q S R R A E D
M J F I G P T A I B E S A M F U E R I O
B M H V A L E T E D E C O P A S I D H D
V R E C A U G O A D E S A C H M A C L Ô
T A R T A R U G A E N C U C A D A R D D
P I K U P I J E S D R B A M R A R I E A
D N I V A S P C X S A R J E W Z S A S A
B H C H A P E L E I R O E O E G R D I W
A A A U P I J E S D R B A M R A R O E A
V A L I C E P D A D E S N C S M A R E T
N I C P R M E L A G A R T A C O U Ã Z O
G A T O S O R R I D E N T E W R R A E D
M J F M G P I A I B E S A M F U Y R I O
B M H B A L Q T E D E G P T A S I D H D
V R E A A U U O A D E S A C H M A W L Y
T E Y T A R I M A E N Y U C A H A R A D
P C K U P I T E S D M B P A T O R I G A
D N I V A S O C X S A R J E M Z S Y O P
B H D H A P E L E I R O E O E G R D S G
A A U U P I J E S D M B A K R A R O T A
V R Q C A C Ã O A D O S A C H M A C A Ô
T P U Y A M U G A E T C U C Á G U I A D
P I E U P I J E S D A O A M R A R U E A
V A S I C E G D A D E S N C S M A R E T
N I A T R M R J A P A R K A C O U I Z O
```

3 De qual personagem você mais gostou? Por quê?

_____
_____
_____

Faça a mesma pergunta para dois colegas e complete a tabela.

Nome do aluno	Personagem favorito	Justificativa

4 Na história de Alice, aparece um animal chamado dodô. Você já tinha ouvido falar nele? Sabia que é uma ave que não existe mais? Faça uma pesquisa e descubra como ele era, onde vivia e por que desapareceu.

_____
_____
_____
_____
_____
_____
_____
_____
_____
_____
_____
_____

Desenhe seu personagem favorito. Não vale copiar do livro. Use sua criatividade!

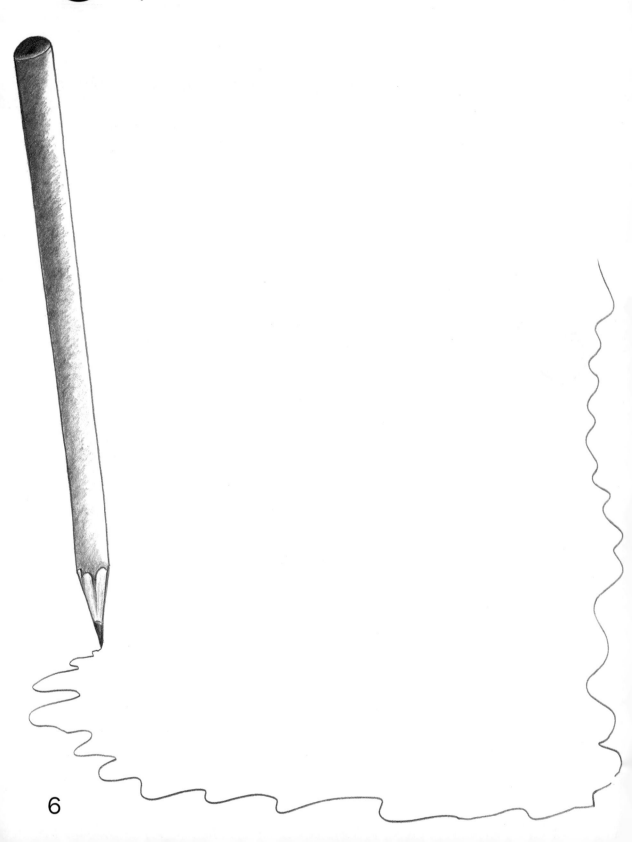

Relembrando a história

1 O País das Maravilhas nos deixa bastante confusos, não é mesmo? Você é capaz de pôr em ordem as aventuras de Alice nesse lugar? Numere as cenas a seguir na sequência correta dos acontecimentos.

2 No decorrer da história, Alice ingeriu diferentes alimentos que transformaram o seu corpo, diminuindo-o ou aumentando-o. Circule-os.

3 Você sabe que os alimentos não causam em nós os mesmos efeitos que causaram em Alice. Porém, quando comemos e bebemos, muitas coisas acontecem no nosso corpo. Que coisas são essas?

_____
_____
_____
_____
_____

Desembaralhando a história

1 Não se deixe confundir pelas maluquices do País das Maravilhas. Observe bem os desenhos abaixo e assinale sete diferenças na segunda cena.

Você conhece todas as cartas de um baralho? No capítulo "O depoimento de Alice", a menina foi perseguida pelo exército da Rainha de Copas. Monte a cena representada no trecho abaixo utilizando as cartas de um baralho.

"A rainha ordenou:
– Cortem-lhe a cabeça!
Porém, sem medo de ninguém, Alice era só desdém... Todo o baralho avançou na direção de Alice, choveram cartas à beça. Vieram, bem misturadas, reis, valetes, damas, setes, copas, ouros, paus, espadas, quatros, ases, cincos, seis, todos juntos, de uma vez, numa grande gritaria, avançaram sobre Alice, que, agitada, defendia as suas faces com as mãos."

 Após desabafar com Alice, a Tartaruga Encucada cantou uma música. Complete o segundo verso da estrofe abaixo com uma palavra que rime com "harmonia". Não vale copiar do livro!

"Viva a dona Lagosta!
Ela é pura _____
De dançar quadrilha gosta
Mexe as pernas com harmonia!"

Identificando-se com Alice

1. Embora Alice estivesse perdida e confusa no País das Maravilhas, ela queria explorá-lo e conhecer seus estranhos habitantes. Você já esteve em algum lugar onde se sentiu como ela? Explique.

_____
_____
_____
_____
_____

2. Depois de aprender como usar os alimentos, Alice diminuía e aumentava conforme sua vontade. Se você possuísse um cogumelo do País das Maravilhas, em que situações do seu cotidiano gostaria de diminuir ou aumentar? Escreva um pequeno texto.

_____
_____
_____
_____

Para pensar

1) No País das Maravilhas, o tempo passa de um outro jeito. Os dias mudam, mas as horas não. São sempre cinco horas da tarde, hora do chá. Como o tempo é contado no nosso mundo?

a) Quantas horas tem um dia? _____
b) Quantos dias tem uma semanna? _____
c) Quantas semanas tem um mês? _____
d) Quantos meses tem um ano? _____

2) O autor do livro, Lewis Carroll, é inglês. Em algumas passagens da história, é possível identificar elementos da cultura da Inglaterra, como o croqué, um esporte muito popular naquele país, o chá, bebida típica inglesa, e a rainha, tradicional símbolo do poder britânico. Se o autor de Alice no País das Maravilhas fosse você, um brasileiro, qual esporte, bebida e símbolo de poder citaria na história?

Esporte: _____
Bebida: _____
Símbolo de poder: _____

Divirta-se!

Encontre no labirinto os caminhos que levaram Alice ao encontro de alguns personagens do País das Maravilhas.

Fundindo a cuca

No País das Maravilhas, nem tudo é tão fácil de entender. Releia com atenção o que a pomba disse para Alice:

"– É mais do que evidente! Serpentes gostam de ovo. Meninas gostam de ovo. É, meninas são serpentes!"

Você acha que o raciocínio da pomba está certo? Por quê?